風と
ベリーと
レモンの木

片桐英彦詩集

Kaze to beri to remon no ki
Katagiri Hidehiko

ふらんす堂

風とベリーとレモンの木＊目次

詩集

風とベリーとレモンの木

ボラ

河口に磯の香りが濃くなると
ボラは上げ潮に乗って
川をさかのぼった

群れに交じったり
時には
群れを離れ
ぐるりと回ったりしながら

大きく跳ね
きらりと
一瞬輝いた

穏やかな浅い川底に影が映ったり
川底を泳ぐ姿が川面のかげになったりして
いつも
二匹のボラが泳いでいるようだった

掘割に面した魚屋には
カラスミが二つ
対になって並んでいた

風とベリーとレモンの木

午後になって風が強くなった
背の高いジュンベリーはわさわさと揺れ
その下で
ブルーベリーも揺れ
支柱に巻き付いている
ラズベリーも
ブラックベリーも葉を揺らした

あしながバチは
あわててどこかに飛んで行った

夕方
風がなぐと
ハチは
レモンの木にとまっていた

2022年2月24日
日没までのひと時
世界は
この小さなハチに委ねられている

琥珀

川岸を歩いた恐竜の足跡が
化石になって残っている

樹液に閉じ込められた
一匹の蚊が
それを見ていた

晩秋

舞う枯葉に
風が見える

立会人の夜

夜になると
長いプラットホームを歩いて端っこにとまっている
何時もの電車に乗る
深い緑色のモケットから立ちのぼる
ほこりの匂いのする座席に座り
カバンを膝の上にのせ
足をそろえて行儀よく発車を待つ

仕事が終わると
またあの電車に乗って帰途につく
来た時と同じように
カバンを膝の上にのせて
行儀よく

だが来た時とは何かが違っている
それは
シャツに染みた
仕事場の血の匂いでも
あたりに漂う羊水の
かすかな硫黄の匂いでもなく

一つの命が誕生する

その瞬間に立ち会えた喜びと
二度とこの命に関わる事のできない
立会人としての冷たい現実と
この命の幸せをになう
責任感とでもいうものを
カバンいっぱいに詰めた疲れだ

動き始めた電車の中で
僕は目を閉じて
真昼の草原を駆ける
一頭の黒い雄牛の夢を見る

影

冬になるとやってくる
メジロのために
半分に切ったミカンを
庭木に吊った餌台に置く

メジロはもちろん
ヒヨドリやムクドリ
ジョウビタキなど

いろんな野鳥がやってくる

ある朝
白く咲き始めたミツマタの根元に
一羽のヒヨドリが固まって
畳んだ傘のように濡れて
横たわっていた

野鳥だけでなく
闇を羽ばたくものも
来ていたのだ

僕は
ヒヨドリのなきがらを

枯葉の下に埋め
その上に小さな石をのせた

チーマンさんの手紙

ドイツ人のチーマンさんが
奥さんと一緒にやってきた

初めてのお産を
日本で迎えようとやってきた

大学の給料は安いので
お産にいくらかかるか心配だと言った

無事に男の子が生まれ
しかめっ面で泣いた

それから二十年
男の子は大学生になって四か国語を話し
奥さんは日本語で佐賀錦の本を書いた
クリスマスにはクッキーを焼いて持ってきた
チーマンさんは今ドバイの大学に勤め
奥さんは日本を懐かしがった

いつまでも僕の誕生日を覚えていて

毎年カードを送ってくれる
最近はメールになったがそれでも
忘れずに「おめでとう」と言ってくる

僕はお産に立ち会っただけなのに
それが仕事だったというだけなのに

チーマンさんにとっては
それも当たり前のことなのだろう

当たり前のことが
だんだん少なくなってくる

ポトマック川で

その頃僕は毎年夏になると
ジョージタウン大学で開かれる
生命倫理の集中講義を受けていた

生命倫理の講義が終わると
敷石の間で
冷たく錆びている
鉄道馬車のレールの上を歩いて
ホテルに帰る毎日だったが
ある日その途中の小さな画廊に

ポトマック川をさかのぼる二本マストの
古い帆船の絵を見つけた

矛盾だらけの生命の倫理に疲れた僕は
その帆船に乗って
生命の源を探れば
何かの答えがあるのかもと考え
書きかけの論文を
美しいステンドグラスのある図書館の
机の上に置いたまま
二週間の船旅の後ようやく
その源にたどり着いた

そこは緑にあふれ

さまざまな生き物が群れていた
神の姿は未だどこにも無かったが
神はどこにでもいた

日本に帰ると
僕はすべての本を捨てた
生命倫理の百科事典や解説書や哲学の本を全部
燃えるゴミの日に出したのだ

そうすることで僕は学問から解放され
瑞々しい感性が全身に戻ってくるのを感じた

古い復刻版のような知識を
消し去って

自分の足と胃袋でしっかりとつかんだもの
それがどんなに無力で
人を振り向かせることなど無くても
それが僕の倫理

それだけが僕を支え
僕を傷つける

The
Kennedy Institute
of Ethics

土蔵

故郷の土蔵は
味噌の匂いがした

蔵の中の
味噌樽のそばには
なぜか
鉄のボールベアリングの箱があり
味噌の匂いに混じって

鉄の匂いが立ち込め
いつも奥歯が酸っぱくなった

乗り継ぎのために降りた
台北の空港で
奥歯に染みる酸っぱさを感じて
振り向くと
鉄の匂いが立ち込める
警備兵の抱えた
一丁の
自動小銃

世間

世間というのは一体何だろう
世間の中にいて
世間のことを考えるのは
難しいから
しばらく世間を離れて考えてみる
世間とはどんなものかと

そしたら

世間は少し傾いている
ことに気づいた

ある男の一生

僕の良く知っている
彼は

女から生まれ
女で苦労し

最期は
女に看取られて逝った

墓は
海の見える丘に建っている

道

川に沿った遊歩道を
二キロほど歩いて
左に曲がると
小さな洋品店や花屋や
ラーメン屋がならぶ
商店街に出る
シャッターを閉じた店もある
さびれた通りを更に

二キロほど歩いて
また左に曲がると緩やかな坂の
閑静な住宅街となる
坂を上り切ったところが神社の入り口で
ドーン　ドンドンドンと
太鼓の音がするのは
お宮参りでもあるのか

お札や破魔矢の売店はあるが
普段は巫女さんの姿も無く
広い境内はいつも乾いている
お参りはしないが
この静けさは好きで
ここまで足を延ばすけれど

八十歳の帰りの道は結構疲れる

川の流れに沿うように
仕事の基本を学び
商店街で人との付き合いを学び
神社の境内で老年を学ぶ
どこにでもある道だが
僕にとっては世間とつながる
大事な道の一つだから
世間に揉まれた苦労に比べれば
こんな疲れはどれほどのものでもない

モニュメント

樋井川にかかる橋のたもとに
小さなお地蔵さんが建っている
何があったのか
川の事故それとも交通事故
時々は
新しい花やジュースが供えてあり
涎掛けも替えてあるから
お参りをする人もいるのだ

小高い丘の上にある大きなモニュメント
明治維新から太平洋戦争までの
堂々とした慰霊碑から少し離れた藪の中に
ひっそりと
小さなドイツ兵の墓碑が二つ建っている
戦死者それとも病死
たまには花が手向けてあるから
知っている人もいるのだ

優しい言葉で
詩を書くことを心がけている僕としては
他人の評価からは遠く離れた藪の中で
ひっそりと

言葉を石に刻み
心の中にモニュメントを建てるしかない

こんなところに
一体何がと
人が怪しめば
それで良い

ゴミ

いつかは
自分の体を捨てる日が来る
それまでは
なじみのものに
囲まれていたいから
断捨離どころか
ゴミは
増える一方だ

雨

夢の中で降っていた雨が
今は
庭のアジサイを濡らしている

丸いもの

ヤマモモの実
ヤマボウシの実
ふとった仙人
ダルマさん

かすれたピリオド

熟れる

熟れたキイチゴの実は
触ると
手の上にホロホロと落ち
熟れたヤマモモの実は
風に吹かれ
ボトボトと地面を打つ

人はどんな音を立てて

逝くのだろう

秋になると
朝露に濡れた雑草の上に
熟れたフェジョアの実が落ちている
人知れず落ちるその音を
僕はまだ知らない

詩の作り方

まず
過去を見る
次に
現在を
それから
ありもしない未来を見る

見尽くしたら

上がって行く
成層圏なんかよりも
もっと高い所に

何も見えなくなったら
そこで立ち止まって
原稿用紙にタイトルを書く
「詩の作り方」と

詩を作るということは
悔いや希望やひらめきを
とことん追いかけたあげく
その自分から
逃げ出した

足跡のようなものだから
この無機質な空間まで
上がっていかなければ作れないのだ

脊柱管狭窄症

奥さんの腰痛がひどくても
世間は何事もなく回っているから
僕は雑炊を作って
一緒に食べた
お代わりもした

優男

優しい男は信用できないと
初めて出会ったおばさんが言う
でも
これが僕なのですから
信用するも何もないのです
僕は僕なのだから
そのまま生きてゆくしかないのです
そして何よりも僕は

困ったことに
世間より
自分を信用しているのです

川の底に

夜通し降った雪がようやく止んで
雲間から薄い日差しが差し込んできた朝
家の裏を流れる川の中に立っている人がいた
ビニール袋と大きなバッグを両手に持って
腰まで冷たい流れに浸かって
何を見ているのか
あるいは何かを捕まえようとするのか
微動だにしないで立ち尽くしている

向こう側の土手には
近くで工事をしているヘルメットの作業員たち

こちら側には散歩の途中の老人が集まって
これも微動だにせず川の中の人を眺めている
やがてパトカーから二人のお巡りさんが下りてきて
冷たい水をざばざばかきわけ
腰まで浸かってその人を抱きかかえ
こちらの土手まで抱えてくると
それは黄色い長靴をはいたおばあさんだった

見物していた老人の一人は誰にともなく
「ごくろうさん」と言って帰って行った
ヘルメットの作業員と

老人たちと
お巡りさん
そして
冷たい川の中に立っていたおばあさんに
「ごくろうさん」と言うのは
当たっている気がした

一つの狂気が
川面を吹き過ぎていった

鎧戸のある窓

幼い僕の前にドアがあった
そのドアは長いこと閉ざされていたのだが

ドアを開けて薄暗い部屋に入り
窓の鎧戸を開けると
明るい真昼の光が洋間にあふれ
舞い上がる埃の中に
鼈甲のオランダ帆船や

カールした金髪の人形や
古いオルガンが現れ
帆船の帆は風をはらみ
人形は青い目を開けて夢から覚め
オルガンは低くため息をついた

この部屋は
異国で亡くなったという
美しい叔母の部屋だった

忘れられた部屋で
忘れられたまま埃が積もった
色々なもの
それに光を当てるなんて

僕は知らなかったのだ
家族の誰も語りたがらない叔母が
ここで静かに忘れられていることを

僕は鎧戸を閉じた
美しい夢のような幼い時代を
パタンと閉じたのだ
そして何を考えているのか分からないと
人に言われるほど寡黙な少年になった

言葉を忘れたわけではない
鎧戸の隙間から漏れた言葉のほかは
全部あの部屋に置いてきたのだ
口を滑らすと

重大な
秘密が暴かれる
そんな気持がした
小心者の春

温泉

山の温泉宿で
露天風呂に入っていると
言葉が
一つずつ体から剥がれていく
軽くなっていく体を
ゆらゆらと湯に浮かべる

花言葉

春に咲く
小さな黄色い花の名前を思い出せずにいた
ある朝
一輪だけ咲いたその花を見ると
「レンギョウ」という言葉が
何の苦も無く読めた

花弁は言葉でできている

山道

温泉宿に続く山道は
時に鶯がさえずる
静かな森
見上げれば
高く伸びた木々の
茂った枝が
光と戯れている
故郷の樹に似た

そのぬくもりに
そっと手をかざしてみる

著者略歴

片桐英彦（かたぎり・ひでひこ）

1942年　佐賀県唐津市生まれ

詩集　『ほたる文書』『枕辺のブーケ』『緩斜面』『木苺摘み』『空っぽの巣の中で』（いずれも海鳥社）『ヒポクラテスの髭を剃る』『橋の下の貘』『物のかたち』（第36回福岡市文学賞受賞）『青い壜』『回転木馬の秋』『恐竜よ』『ただ今診察中』（第46回福岡県詩人賞受賞）『夜更けの大根』『オマージュ鬼塚村』『四丁目の小さなクリニック』『緩和病棟』『南仏紀行』（いずれもふらんす堂）『患者の目　医者の目　ぐるっと回って…――僕の生命倫理学』（中央公論事業出版）『生命の倫理２』分担執筆（九州大学出版会）『ロビンソン・クルーソーの海』（日本図書館協会選定図書）（朝日クリエ）

現住所　〒814－0103 福岡市城南区鳥飼５－13－35

発　行　二〇二三年七月六日　初版発行
著　者　片桐英彦　©KATAGIRI, Hidehiko
発行人　山岡喜美子
発行所　ふらんす堂
〒182―0002　東京都調布市仙川町一―五―三八―二F
TEL（〇三）三三二六―九〇六一　FAX（〇三）三三二六―六九一九

詩集　風とベリーとレモンの木　かぜとべりーとれもんのき

ホームページ　http://furansudo.com/　E-mail　info@furansudo.com
装　丁　和　兎
印　刷　日本ハイコム㈱
製　本　㈱松岳社
定　価　本体一五〇〇円＋税
ISBN978-4-7814-1569-7 C0092 ¥1500E